SUCCESSION

DE

Mlle P., dite Pierrette Fleury

CATALOGUE

DES

BIJOUX

BEAU COLLIER DE PERLES

BAGUES, BRACELETS, PENDENTIFS

Ornés de Brillants, Saphirs, Rubis, etc.

ARGENTERIE

FOURRURES

BRODERIES, DENTELLES, GARDE-ROBE

MEUBLES

ET OBJETS D'AMEUBLEMENT

DÉPENDANT DE LA SUCCESSION DE

Mademoiselle P., dite Pierrette Fleury

Et dont la Vente, en vertu d'Ordonnance, aura lieu à Paris

HOTEL DROUOT, SALLE N° 6
LE LUNDI 22 DÉCEMBRE 1913

ET SALLE N° 3
LE MARDI 23 DÉCEMBRE 1913
A deux heures

Mᵉ MARCEL WALTER
Successeur de M. RIDEL
COMMISSAIRE-PRISEUR
8, rue Favart

M. A. REINACH
EXPERT PRES LA COUR D'APPEL
17, rue Drouot
PARIS

EXPOSITIONS

SALLE N° 11 : Le Samedi 20 Décembre 1913, de deux heures à six heures.

SALLE N° 6 { Le Dimanche 21 Décembre 1913, de deux heures à six heures.
Et le Lundi 22 Décembre 1913, de une heure à deux heures.

CONDITIONS DE LA VENTE

Elle sera faite au comptant.

Les adjudicataires paieront *dix pour cent* en sus des enchères.

ORDRE DES VACATIONS

Lundi 22 Décembre 1913

Bijoux.

Argenterie.

Fourrures.

Broderie, Dentelles, Lingerie, Garde-robe (Partie).

Meubles et Objets d'Ameublement (Partie).

Mardi 23 Décembre 1913

Broderie, Dentelles, Lingerie, Garde-robe (Fin).

Objets divers.

Meubles et Objets d'Ameublement (Fin).

Paris. — Imp. de l'Art, Ch. Berger, 41, rue de la Victoire.

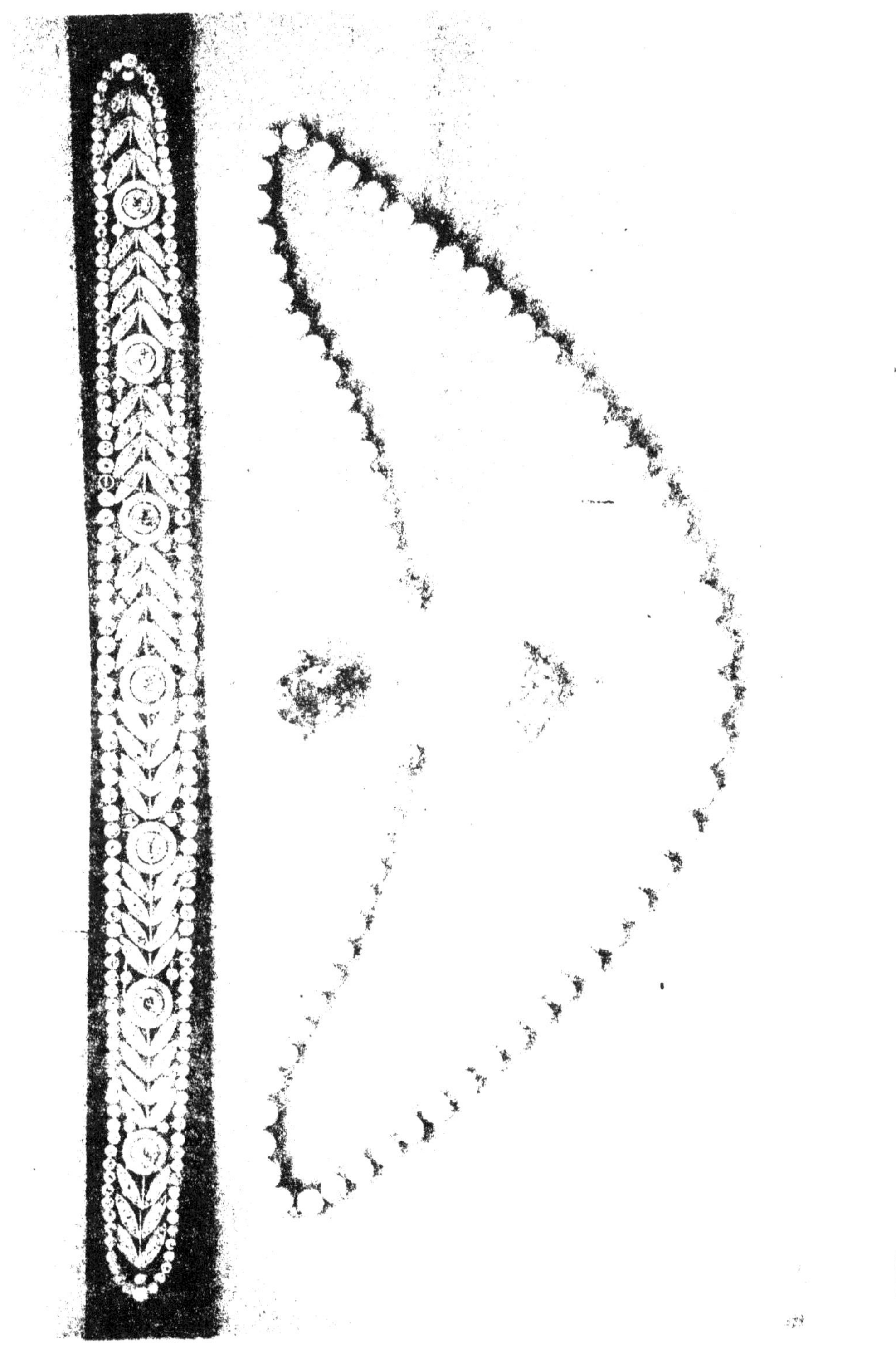

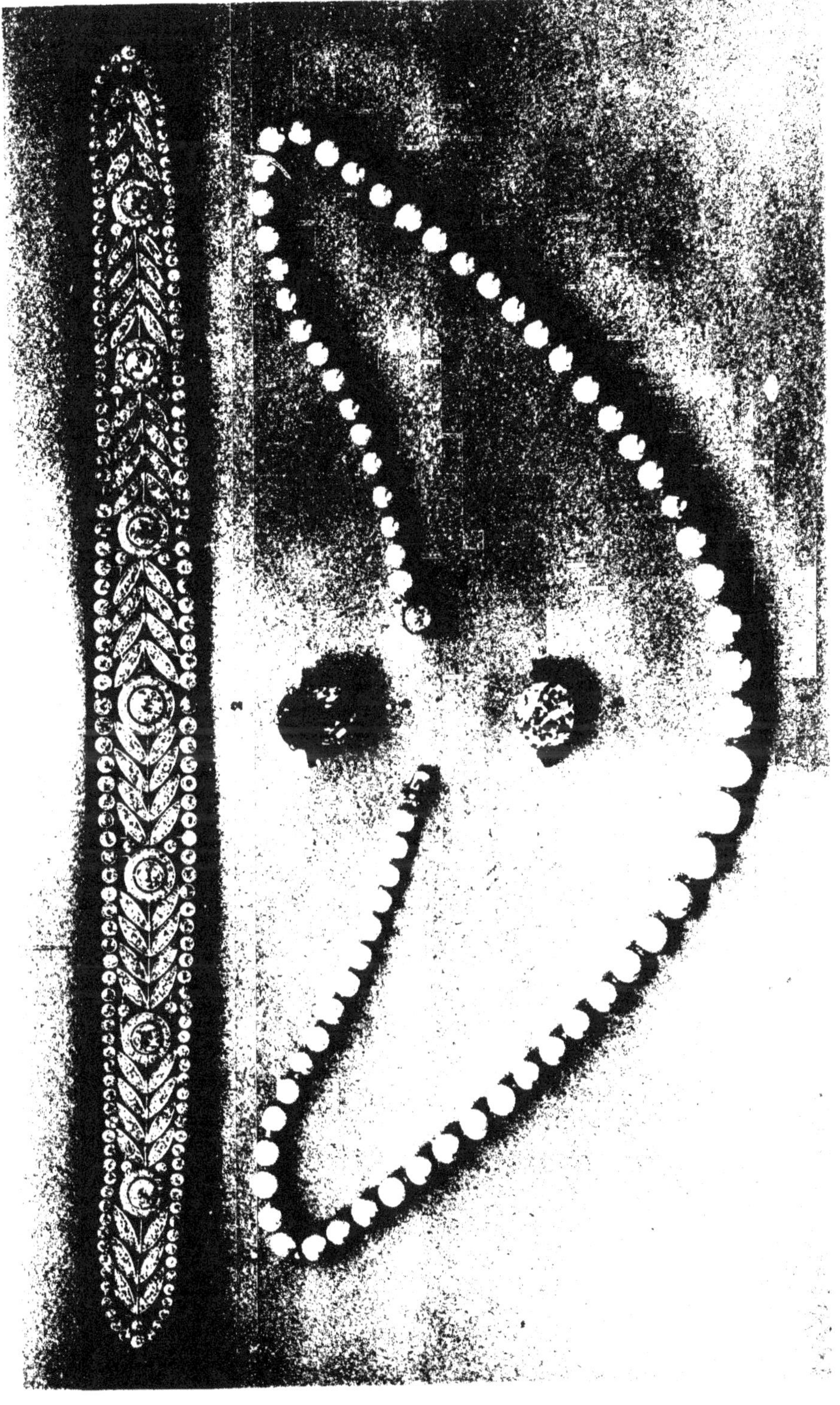

DÉSIGNATION

BIJOUX

1 — BEAU COLLIER, composé de soixante et onze perles fines ; le fermoir en platine serti d'un brillant solitaire.

2 — BANDEAU en platine pouvant se monter en diadème, orné de sept brillants entourés de brillants séparés par des feuilles de lauriers serties de brillants et de roses ; le tout entouré de cent soixante-huit chatons sertis de brillants.

3 — CRAVATE, formée de petites perles reliées par quatre motifs en platine sertis de brillants et de roses soutenant un disque en platine ajouré, de forme octogonale ; au centre, un brillant entouré de petits brillants.

4 — BAGUE en platine, ornée d'un très beau saphir ; le corps serti de dix petits brillants.

5 — BAGUE en platine, ornée d'un brillant solitaire.

6 — BAGUE en or, ornée d'un brillant entouré de saphirs calibrés.

7 — BRACELET-RIVIÈRE souple en or, formé de vingt-quatre trèfles en rubis intercalés de bandes en platine serties de deux brillants.

8 — BRACELET-RIVIÈRE souple en or et platine, orné, au centre, d'un brillant solitaire, et de bandes de petits brillants, de saphirs et d'émeraudes.

9 — BRACELET-RIVIÈRE en platine, formé de six maillons s'alternant dont trois sertis de brillants et trois sertis de rubis.

10 — BRACELET-RIVIÈRE en platine, formé de six maillons s'alternant, dont trois sertis de brillants et trois sertis de saphirs.

11 — BRACELET-RIVIÈRE en platine, formé de six maillons s'alternant, dont trois sertis de brillants et trois sertis d'émeraudes.

12 — BRACELET-MONTRE en platine, avec cuir.

13 — BRACELET-MONTRE extensible en platine, serti de roses.

14 — BRACELET-GOURMETTE en or.

15 — BARRETTE en platine, sertie de brillants et d'émeraudes.

16 — ÉPINGLE de cravate, disque carré, en platine, sertie de deux brillants et de deux saphirs.

17 — ÉPINGLE de cravate en or, en forme de poire, sertie de roses et d'émeraudes.

18 — Épingle de cravate clou en or et platine, sertie de saphirs et de hyacinthes.

19 — Épingle de cravate en or : cor de chasse.

20 — Grande bourse en or vert, à compartiment ; le fermoir serti de deux saphirs-cabochons. Poids : quatre cent quatre-vingt-trois grammes.

21 — Petite montre de dame en or, savonnette ; marquée : *J. H. R.*

22 — Chevalière, formée d'un ruban avec monture et médaillon en platine ; marqué : *P. F.*

23 — Petite montre de dame en platine, sertie d'un tour en roses ; marquée : *P. F.*

24 — Montre en argent sur chevalet onyx, ornée de roses.

25 — Chaine de montre en platine.

26 — Boucle de ceinture en or, sertie de saphirs et de hyacinthes.

27 — Petite chainette de sûreté en platine.

28 — Paire de boutons de manchettes doubles en or, ornés de nacre et de petites perles.

29 — Monocle à main en or, enrichi de roses.

30 — Face a main, or et argent émaillé ; en mauvais état.

31 — Nécessaire à main en or, à décor de feuilles de lierre.

32 — DEUX BOUTONS de chemise en or, dépareillés ; l'un rubis et roses, l'autre avec petit saphir cabochon.

33 — ÉTUI à cigarettes en or, avec chiffre *A. C.* et couronne sertie de roses.

34 — BOUCLE de ceinture en or et argent, émaillée gris bleu, avec roses.

35 — SAC en peau de porc ; le fermoir en or.

36 — GARNITURE DE TOILETTE en écaille blonde avec chiffres en or *P. F.*, composée de sept brosses, deux boîtes à poudre, six peignes, une glace à main, deux polissoirs, une corne, une pince à gants, limes, crochet, coupe-cors, etc. Écrin en peau de porc.

ARGENTERIE ET MÉTAL

37 — Plateau en argent, de style Louis XV; bordure filets à cinq contours.

38 — Service d'argenterie, de style Louis XV, composé de : une cafetière ; une théière : une chocolatière ; un pot à crème ; un sucrier ; une pince à sucre.

39 — Très important service d'argenterie, composé de :
Dix-huit couverts de table ;
Dix-huit fourchettes ;
Service à hors-d'œuvre ;
Douze fourchettes à huître ;
Louche ;
Douze couverts à entremets :
Vingt-quatre cuillers à café ;
Vingt-quatre cuillers à compote :
Douze couverts à poisson ;
Cuiller à ragoût ;
Service à poisson :
Service à découper ;
  En argent.
Service à glace :
Vingt-quatre cuillers à glace :
Service à salade :
Pelle à fruits :
Pelle à bonbons :
Service à bonbons composé de quatre pièces ;
Cuiller à punch :
Pince à sucre ;
Passoire à sucre :
Douze cuillers à œuf ;
  En vermeil.

Trente-six couteaux de table, lame en acier ;
Douze couteaux à dessert, lame en acier;
Douze couteaux à dessert, lame en argent ;
Douze couteaux à poisson, lame en argent ;
Deux couteaux à fromage, lame en argent.

Le tout marqué aux initiales *P. F.* et contenu dans une boîte à six compartiments.

40 — Milieu de table en vermeil ciselé, orné d'une glace et surmonté d'une corbeille en porcelaine décorée.

41 — Sucrier à sucre en poudre en argent.

42 — Vase en argent ; marqué : *P. F.*

43 — Petite jardinière en argent.

44 — Deux bouteilles en verre ; la monture en argent.

45 — Bouteille à fine champagne en verre : la monture en argent.

46 — Petite trousse de voyage, composée de deux pots et de deux flacons, la monture en vermeil ; une boîte à poudre en vermeil, une glace, un peigne et deux limes à ongle, dans un écrin en cuir rouge marqué : *P. F.*

47 — Sac de voyage, composé de sept flacons, la monture en vermeil ; deux brosses, la monture en ivoire ; un peigne, une glace, une paire de ciseaux et deux limes à ongle ; le tout dans un sac de cuir bleu. De la *Maison Kendall et C°.*

48 — Petit nécessaire en argent doré émaillé gris rose.

49 — Trousse de voiture, composée de deux flacons, une bonbonnière et une liseuse ; garnitures en argent doré

5o — BONBONNIÈRE ronde en argent émaillé vert et jaune.

51 — BOITE D'ALLUMETTES en argent émaillé violet.

52 — BOITE A CACHOU en argent doré.

53 — BOITE A POUDRE en argent émaillé vert rayé de lignes blanches.

54 — CENDRIER en verre ; la monture en argent.

55 — BRELOQUE, pièce de deux centimes argentée, sertie de quatre pierres rouges.

56 — BOUTON D'APPEL en onyx, avec plaquette en argent émaillé vert d'eau.

57 — CACHET-AIGLE en bronze argenté et petit presse-papiers : amour, en bronze.

58 — BONBONNIÈRE ronde en cuivre doré, avec plaquette : le Printemps, d'après BOUCHER.

59 — BOITE D'ALLUMETTES en métal et paire de boutons de manchettes doubles, métal et verre.

6o — SERVICE A CAFÉ tête-à-tête, composé de : un plateau ; une cafetière ; un sucrier : un pot à crème : une pince à sucre, en métal, et de deux tasses avec leurs soucoupes en porcelaine.

61 — DEUX BOUTS-DE-TABLE, salières et poivrières en métal argenté.

62 — DEUX VASES en métal argenté.

63 — DIX COUVERTS ; douze couverts entremets ; douze fourchettes à huître ; une louche ; un couvert à salade : une cuiller à sauce ; une pelle à sucre, en métal : couteaux divers.

FOURRURES

64 — Manteau en chinchilla, doublé de soie.

65 — Manteau en loutre, le col et les parements en chinchilla.

66 — Sortie de bal en hermine, doublée de panne.

67 — Étole en skungs, doublée d'hermine.

68 — Étole et manchon en hermine garnie de chinchilla.

69 - Étole et manchon en hermine garnie de taupe.

70 — Parure en renard cendré, manchon et tour de cou.

71 — Tour de cou et manchon en renard blanc.

72 — Col en skungs.

73 — Manchon en marmotte, avec tête naturalisée.

74 — Manchon en skungs.

75 — Manchon en loutre doublé de soie.

76 — Manchon en renard noir.

77 — Manchon en putois.

78 — Manchon en loutre et morceaux de fourrures diverses.

79 — Écharpe en taffetas de soie bleue, garnie de fourrure.

80 — Écharpe en satin bleu, garnie de plumes.

81 — Couverture de voyage en petit gris, doublée de drap.

BRODERIES, DENTELLES
LINGERIE, GARDE-ROBE

82 — STORE, formé de carrés de broderie anglaise et de filet, avec dentelle de Cluny et incrustations de Venise.

83 — STORE, formé de carrés de Venise et de filet, avec entre-deux en cluny et dentelle au fuseau.

84 — STORE, formé de carrés de Venise et de filet, avec entre-deux en cluny et dentelle au fuseau.

85 — PAIRE DE RIDEAUX de tulle, avec carrés en Venise et entre-deux de filet et de dentelle au fuseau.

86 — PAIRE DE RIDEAUX en tulle et en filet, avec entre-deux en dentelle de Cluny et en dentelle au fuseau.

87 — COUVRE-LIT, formé de carrés de filet et de broderie Colbert.

88 — DESSUS DE PIANO, formé de carrés de Venise et de filet, avec entre-deux en cluny et dentelle au fuseau.

89 — LOT DE BRISE-BISE en tulle et en faille, et lot de rideaux en tulle ; environ trente-cinq pièces.

90 — QUATRE ENVELOPPES de coussins en linon brodé, garnies de filet et de venise.

91 — SIX ENVELOPPES de coussins en linon, garnies de filet de Venise, de Cluny et de Milan.

92 — COUPE de point de Venise.

2 m. 15 cent. sur 10 cent. de hauteur.

93 — Petit morceau de point de Venise.

20 centimètres.

94 — Deux coupes de point à l'aiguille.

5 m. 70 cent. sur 19 cent. de hauteur.

95 — Deux coupes de valenciennes.

2 m. 25 cent. sur 4 cent. de hauteur.

96 — Coupe de petite dentelle de Valenciennes.

75 mètres.

97 — Trois cols, garnis de filet et de guipure d'Irlande ; volant en mousseline ; trois morceaux de dentelle en point de Paris.

98 — Douze pantalons, garnis de dentelle de Valenciennes, de Bruges et de guirlande d'Irlande.

99 — Huit combinaisons, garnies de valenciennes.

100 — Dix chemises et sept peignoirs en crêpe de Chine.

101 — Douze chemises en linon, douze cache-corsets en linon, garnis de valenciennes, guipure d'Irlande, broderie Bruges.

102 — Trois chemises mousseline de soie, deux pantalons mousseline de soie, douze cache-corsets, trois chemises de nuit, six chemises linon, garnis de valenciennes et de guipure d'Irlande.

103 — Six chemises, six cache-corsets et trois pantalons en linon, garnis de valenciennes.

104 — Six chemises et six cache-corsets en linon, garnis de valenciennes.

105 — Douze pantalons, garnis de valenciennes.

106 — Douze pantalons, garnis de soie et de valenciennes.

107 — Six peignoirs et chemises en soie.

108 — Quatre jupons en soie, deux blouses, six peignoirs en crêpe de Chine, une matinée et une jupe, garnis de valenciennes et de broderies incrustation.

109 — Cinq robes en soie et en crépon.

110 — Cinq robes en soierie.

111 — Cinq robes en soierie.

112 — Quatre robes en mousseline et en crépon.

113 — Trois manteaux et une robe en soierie.

114 — Trois robes et trois manteaux.

115 — Trois costumes tailleur, une robe en velours et deux jupes.

116 — Quatre robes en soierie et deux manteaux de voyage.

117 — Huit chemisettes et corsages en soierie et en batiste.

118 — Dix blouses en soie et en batiste.

119 — Sept écharpes en soie.

120 — Deux peignoirs, deux écharpes et une matinée en soie.

121 — LOT D'AIGRETTES, plumes d'autruche. Environ douze
pièces.

122 — DIX-HUIT DRAPS et vingt-deux taies d'oreillers.

123 — TROIS SERVICES à thé, deux services de table de cou-
leur incomplets, un lot de nappes et de chemins de
table. Ensemble vingt-trois pièces.

124 — LOT de dessous de plat en dentelles diverses.

125 — LOT de torchons, tabliers, serviettes. Environ cent
soixante-cinq pièces.

OBJETS DIVERS

126 — Éventail en ivoire, avec peinture.

127 — Brûle-parfums en porcelaine décorée; monture en bronze.

128 — Deux pipes à fumer l'opium.

129 — Vase, décoré, en porcelaine de Copenhague.

130 — Tasse et sa soucoupe en porcelaine de Sèvres, décorée d'émaux translucides.

131 — Encrier en porcelaine décorée.

132 — Lot de vases, statuette, coupes, etc., en verre et en porcelaine. Environ dix-huit pièces.

133 — Lot d'épingles à cheveux et peignes en écaille, porte-cigarettes en métal.

134 — Boîte à jeu, avec jetons en nacre.

135 — Portrait de jeune femme. Pointe sèche, par Helleu.

136 — Six reproductions de gravures.

137 — Neuf pièces encadrées : Photographies, etc.

138 — Appareil photographique, de la *Maison Kodack*, et son sac.

139 — Phonographe et ses accessoires.

140 — Machine à coudre, de la *Maison Singer*.

141 — Lot de cadres et de coffrets. Environ douze pièces.

MEUBLES
ET OBJETS D'AMEUBLEMENT

142 — ARMOIRE à glace, à trois portes, en citronnier marqueté, de style anglais.

143 — COIFFEUSE en citronnier marqueté, avec glace biscautée, de style anglais.

144 — LIT de milieu en bois laqué blanc.

145 — DEUX GUÉRIDONS en marqueterie, de style Louis XVI.

146 — PETITE COMMODE, de style Louis XVI, en marqueterie, ornée de bronzes, avec dessus de marbre.

147 — PETIT AMEUBLEMENT de salon, composé de : un canapé, deux fauteuils et deux chaises, garnis de cretonne.

148 — CHAISE LONGUE, deux fauteuils et une chaise en citronnier marqueté, garnis d'imitation de toile de Jouy.

149 — DEUX BERGÈRES, de style Louis XV, en bois laqué gris, garnies de soie brochée à fond crème.

150 — DEUX CHAISES volantes en bois laqué blanc, garnies de soie brochée à fond crème.

151 — PORTE-MANTEAU en acajou, orné d'une glace, de style anglais.

152 — LIT pliant en bois verni.

153 — DEUX APPAREILS électriques en forme de coupe.

154 — Trois paires d'appliques électriques en bronze doré.

155 — Lampe électrique en pâte de verre décorée.

156 — Fond de lit et paire de rideaux en soie brochée bleue.

157 — Deux paires de rideaux en toile imprimée, à décor de fleurettes et de rayures.

158 — Paire de rideaux en toile imprimée, à décor de personnages en bleu.

159 — Trois tapis en moquette bleue.

160 — Meubles et objets non catalogués.

161 — Petit lot de volumes divers.

162 — Batterie de cuisine en aluminium et série de boîtes en faïence.

9 782329 293929